一生必學的

英文單字

VOCABULARY FOR LIFE

政大教授　陳超明一著

方法篇

目次

III. 一生必學單字的關鍵

IV. 累積單字量

前言

　　學習第二語言的第一步是先學會單字。學習任何語言的一開始，都是先知道單字，其次則是語法結構，也就是大家所通稱的文法。知道單字的意義之後，再加上單字的排列組合（語法節構），就能完整表達含意。

　　單字既是語言學習的開始，學單字就是重要的學習歷程，像最近很夯的電影《阿凡達》（*Avatar*），「入侵者」為了要了解「納美人」的語言，也是從一字一句慢慢地學習開始。值得注意的是，必須像片中角色一樣從發音開始，從聲音入門，再去學習單字，而且立刻運用剛學過的單字，像彼此的名字、某個情境等，這樣就能很快地學會一種新的語言。

　　學習單字有兩大重要課題：第一、要有情境式的學習，一定要具備有用的溝通學習，也就是生活中用得到的單字，如此才會記得住，像地球人學納美語時，就是從兩人接觸的生活開始；第二、要學習一看到單字，就會發音。一般人以往學習英文都是先學拼字，再記住單字，往往花了很多時間，卻仍然記不住單字，或者背了很多一輩子都用不到的單字，結果徒然浪費寶貴時間卻一事無成。

　　有鑑於此，這本書旨在協助讀者從發音到語意情境的使用，掌握一輩子都用得到的單字；並將單字分門別類，提供讀者日常生活、職場等情境中都用得到且非常實用的單字。

　　本書所列出的重要單字逾一千九百個，全部都是透過研究、實驗，再經電腦分析篩選出來的，字字珠璣，可以讓讀者在工作職場、生活情境中實際運用。我們透過多益（TOEIC）全真試題及一些職場的真實文件與實況英文，包括書寫文件、e-mail、開會、簡報等，蒐羅職場情境中最實用的字彙，適用國內外各大考試（含多益、全民英檢等）。本書排除了國中小最基本的一千字，如 this, that, I, you, do, make 等，書中蒐集的單字，分類整理在十大情境中，更方便讀者學習，一舉提升生活與職場所需的英文能力！

　　學習單字有三個基本概念：第一、單字要從聲音學習，但不是死背音標，而是要學會看到一個字就會念出其發音。因此本書會將相關的字彙彙整在一起，幫助讀者看到 -tion, pro-, re-, -ment 等相關字詞，就能知道如何發音。透過這樣的方式認識單字，再加上會正確發音，有助於使用新的單字，對拓展自己的單字庫很有幫助。

　　第二、學習有用的單字。書中近兩千個單字都非常實用，不僅有助於參加多益、全民英檢等考試，對個人的工作與生活也有幫助。這些單字以動詞、名詞和形容詞為主，都是有意義且常用的字詞，另外也會補充一些幫助情緒表達的副詞，以及會影響語意表達的重要詞彙等。

　　第三、把單字放回生活與語言的情境中。以前是在情境中學習單字，現在則要把單字放回情境中，解釋單字會在何種狀況下使用。至於特殊及例外用法暫且不提，以免造成讀者混淆。一般而言，只要了解一個單字會在何種情況下運用，之後在面對相關情境時，自然而然就能運用自如了。因此，本書的讀者不僅能夠知道單字的意義，更能進一步知道其使用時機與如何使用，這是

一般字典或是市面上的單字書所看不到的。

此外，本書還會指出掌握單字的各種小技巧，幫助你能夠更輕鬆地使用單字，更快速地熟悉單字。這也是全書的精華所在。

本書的出版要感謝《聯合報》的孫蓉華組長、聯經出版公司，尤其要歸功政大博士班的林嘉鴻，他不眠不休的幫忙整理資料與例句，讓本書能夠如期出版。

認真學習並熟悉本書所有一生必學的單字，相信不論是考試、職場，只要好好運用，定能無往不利，讓你受用一生！

陳超明

推薦序
Active Vocabulary 的重要！

　　我經常到學校去做英語學習相關的演講，也提出過不少關於「情境單字學習」的概念，然而常會遇到與會者問我：「情境單字有哪些？哪一本單字書比較好？」老實說，我無法回答。理由是，目前市面上的單字書大多是根據教育部所頒布的單字表，或是針對托福（TOEFL）、GRE 等考試撰寫的單字書轉化而來的，前者與常用的職場情境單字有很大的差異，後者則因字數過多而不實用。

　　學單字，有人說「常用的才會記得」，也有人說「記得的才會用」，到底何者為是呢？其實答案很簡單，學習單字，要先從情境著手，而且必須縮小學習目標，才能提高學習成效。語言是無法獨立於情境知識之外的；而情境知識，尤其是與工作及職場相關的內容，才是真正建構語言學習的基礎。

　　以我個人在職場中使用英文的實際經驗來看，在閱讀時，大概會用到約 20,000 個字彙，但當我用英文寫與工作有關的 e-mail，或跟外籍友人、客戶交談時，常用的英文單字卻不超過 3,000 個；原因在於我對這 3,000 個字的定義及用法十分熟悉，游刃有餘，比較不容易犯錯，這跟陳超明教授所提到的 Active Vocabulary（實際使用字彙）的概念，不謀而合。

曾參與過多益測驗的考生都知道，多益的常用字並不多，可是一直以來並未有專業的教授投身於職場字表的研究。一年前得知陳超明教授正在進行相關的研究，就懷著期待的心情，希望能夠盡快看到他的成果。陳教授與我曾就多益測驗的基本情境，有過多次討論與意見分享。陳教授依據他的專業認知，設定十大常用情境，再配合語料庫，終於在去年底完成了《一生必學的英文單字》字表。這個字表確實與多益測驗的常用字彙有相當程度的一致性。陳教授根據這份字表的內容，在聯合報發表專欄，深受讀者喜愛，現在集結成書，對英語學習者與多益的考生，真是一大福音。

　　深信本書對於許多上班族，尤其是在職場中常常需要使用英文寫 e-mail 或做簡報的人，肯定會是絕佳的工具書，同時也是學習的好材料，因為「少就是美，用就是好」是一個英語使用者的成功關鍵。

ETS. *TOEIC.* 台灣區代表

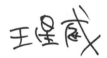

「單字十大情境」說明

　　將單字放在情境中學習，可以將單字與工作、生活緊密結合在一起，讓單字「活」起來，而不是淪為單純且枯燥地死背單字。沒有情境的單字，不但無法進入我們的腦中，也無法成為我們語言的一部分。

　　本書將日常生活、職場工作及國際溝通分成十大情境：一、文書會議；二、人力資源；三、出差參訪；四、辦公協調；五、財務金融；六、生產製造；七、採購總務；八、社交應酬；九、企劃行銷；十、談判合作。

為什麼要分十大情境？

　　本書將英文視為國際溝通的溝通工具（English for international communication）。當我們透過語料庫及電腦程式分析後，精心篩選出將近 2,000 個單字，並依照各種職場英語相關的測驗的情境來分類（尤其是 CEFR 歐盟語言架構及多益 TOEIC：Test of English for International Communication），發現在生活或工作場景中，都會頻頻出現的共同單字與句子。進入職場工作，不論是公家機關或者私人企業，都會遇到人事問題（如面試、薪水、獎懲、考績等），而且在開會、

作簡報時，都會碰到需要用英文的時候。這時心中免不了會自問：這句話要怎麼說？這個單字是什麼意思？

　　要學習有用的單字，就要從生活習慣、平常碰得到的情境中著手，必須將語言學習結合背景知識，再經情境學習融入個人生活。例如除了一般的升遷、人事等用語，還要進一步將自己的專業知識與英語結合，廣泛運用，比方說在工廠維修某零件時，要怎麼說？要用哪些單字？此時就可能需要用到職場上的專業單字；又如在機場時，從辦理登機手續（check in）到最後出關領行李（claim the baggage），要如何說？

　　知識性單字的運用，重點在回推運用的場景，例如談判簽約時，除了常用的單字、句子之外，一定會牽涉到各行各業的專門相關用語。本書列出的十大情境包含了生活、工作職場等需要的重要單字，以後遇到類似的情境就知道要如何使用了。

　　一、文書會議：不論公家單位、私人企業，都需要文書作業，包括從開會通知、會議紀錄到主持會議等這些單字。

　　二、人力資源：所有職場都運用得到的範圍，涵蓋各階層職稱（董事長，總經理、辦事員等）、面談、升遷、獎懲、福利、薪資、紅利、教育訓練等，與人力資源相關的重要單字。

三、出差參訪：商務旅行、個人旅遊的機票與飯店預訂、行程安排、與國外廠商洽詢、參加國際性商展、公司部門的參訪等，都需要具備基本的單字溝通能力。

四、辦公協調：辦公室常見的設備、同事間的對話以及辦公室運作等所需的單字。

五、財務金融：財務會計需要專門的術語，牽涉到公司的正確財務收支或是單位的預算決算等，還有跨國交易、國際股市的變化、期貨市場、各種基金的現況等，一點都馬虎不得，一定要用對單字。

六、生產製造：各行各業都各自有不同的工廠設備，公部門也都設有機電設備。工廠內部有哪些設備？會出現何種對話？有哪些是專業卻常用的單字？要如何使用？

七、採購總務：商品採購包含企業交易與公家機構的總務採買。一定要清楚要買什麼東西，不僅是企業需要，公部門及個人採買也用得到。

八、社交應酬：公務運作之外，在需要交際應酬等正式或非正式的場合，都需要了解的英文單字。

九、企劃行銷：不管是大小企業都需要行銷，因此事前的企劃千萬馬虎不得。要如何辦理活動，相關的英文該怎麼說？公部門的規劃與計劃，也都屬於這類情境。

十、談判合作：整個商務或公務運作的最終目的，就是簽約合作。掌握相關的談判、協調等用語，有助於溝通與簽約的進行。

掌握動詞與名詞

在國際溝通場景中，重視正面表述與直接的語意表達，在英文表達中，動詞與名詞大都是表達的關鍵詞，副詞、形容詞與其他詞類的單字大都是語氣的表達，對語意影響不大，因此本系列與其他單字書不同，強調動詞與名詞單字的掌握。名詞大都用在主詞與受詞上，而動詞則是一句話的靈魂，掌握這兩者，溝通就能無礙。

I. 英文單字的重要性

左手文法，右手單字

　　想要提升英文的溝通能力或閱讀能力，除了掌握句法結構外，另一大重點就是增強單字能力。只要能同時掌握句法結構與單字，就可以開口說英語了。比方說，當你想要描述看到漂亮的花，當然要知道「花」的英文名稱，如水仙花（daffodils），接著才能繼續造句敘述情境（主詞＋動詞的結構），如 I saw a crowd of daffodils / along the lake.（我看到一群水仙花 / 沿著湖邊）。這時如果不知 daffodils 是什麼，也就無從理解或開口了。

我們需要的英文單字量有多少？

　　單字是學習英文的重要關卡！不論是中文還是英文，都必須具備豐富的字彙，才能達到溝通的目的。至於要學會多少單字？以英文來說，口語溝通大概 2,000 字就已足夠。以台灣的英語教育水準及要求，一般高一、高二學生學過的單字，即足以應付出國旅遊、甚至是居住於英語系國家的日常生活溝通。

　　目前台灣的國小學生要學 300 個單字，高一到高二大概可累積至 2,000 以上的單字，再加上平常的課外閱讀，以大學入學考試中心所公布的 7,000 單字來說，單字量絕對足夠。但是在學校所學的單字，有些並不實用，有些只適合某些特定閱讀場合，而生活中常用的基礎單字，反而沒有在該單字表中出現，如 cord（電線）、scanner（掃描器）、highlight（強調）……等常見且必備的實用單字。任何單字表其實都有其侷限性，無法面面俱到、涵蓋一切所需的單字。那麼，究竟要掌握哪些單字或是需要累積多少單字量，英文才夠好呢？

　　以閱讀來說，如果是讀報，大概只要學會學會 8,000 至 10,000 個單字，就可以閱讀美國的《今日美國報》（*USA Today*）。《今日美國報》是美國一般中低階層所閱讀的報紙，單字量不高。但是《紐約時報》（*The New York Times*）、《華盛頓郵報》（*The Washington Post*）等報，則是中高層知識份子看的，約需要三、四萬字的單字量才能閱讀無礙。另外，若是一般美國大學生所用的教科書，因為包含各種專業術語，至少也須具備 20,000 個以上的單字量，而想要看懂坊間

一般的雜誌或大眾小說讀物等，則大約需要 15,000 個單字左右。簡單來說，要學的單字量多寡，取決於個人的需要，越專業的領域，需要的單字量就越多。

使用單字，是掌握單字的第一步

單字的學習，可依照個人的需要，分為閱讀、口語、書寫以及專業的使用，而每個人的單字庫又可大略分成三種：

- 認識的字彙 passive vocabulary
- 實際使用的字彙 active vocabulary
- 模糊的字彙 vague vocabulary

每個人平常實際使用的字彙（active vocabulary）其實並不多，大約 2,000 ～ 3,000 個單字就可以應付日常生活所需。而以閱讀為例，認識的字彙大約必須超過 10,000 以上，才可以不用一直查字典。此外，所謂模糊的字彙，指的就是看到一個單字，只能大約知道其含意，但不是很確定。

本系列所設計的英文單字學習法，有兩大概念：其一是提供比較有效的單字學習方法，協助大家掌握單字；其二是以使用為基礎，整理出英語母語人士實際會使用的 2,000 個單字，跟著讀

者一起來使用這些單字。再次重申，只要能夠掌握關鍵的單字（以 active vocabulary 及 passive vocabulary 為主），建立起閱讀與口說英文的信心，英文單字量自然會增加。書中所介紹的單字，全部都經過精挑細選，從各種考試（如多益、全民英檢、大考等）及報章雜誌常出現的單字歸納整理，總共提供 近 2,000 個實用單字。

此外，本書並不是要大家一起來背單字。學習單字如果停留在背誦的方法上（如聯想法、圖像法等），大概只有記憶力好的人英文能力才能增強吧，而英文單字的學習恐怕也只能永遠停留在「如何增強自己的記憶力」而已。因此，學習英文要著重在「使用」，而且要學「有用的單字」，才能不斷地強化這些單字在腦中停留的時間。切記，要「用」單字，而不是「背」單字，而**使用單字，就是掌握單字的第一步！**

單字與記憶有關？

英文單字絕對是影響英語能力的關鍵，因為任何語言都是從單字學習開始。

但是背單字一直是很多人學習英文的夢靨，記憶力不好或是衰退都是記不住單字的主因。不過，學習單字真的跟記憶力有關嗎？

學單字的方法，各有不同，重點在於能不能有效地運用。在此要強調一點，**記憶並非掌握單字的唯一方法**。因為如果只強調記憶，當記憶因年紀漸長而減退，單字是不是也會漸漸遺忘了

呢？其實不然。以我個人的經驗來說，以前一個單字需要反覆查詢，甚至得要超過五遍，才會記得，但是現在卻只要看兩遍就可以記住。原因就在於我會靠舊有的單字去聯想，而且也會拿來用，因此更容易記住，單字也越記越多。單字不是記憶遊戲，否則當然是年紀越小，記得的應該越多。**學單字，要先會唸，接著去使用並理解它，如此一來，我們才能突破年紀大及記憶不佳的限制，讓單字在腦海裡存在的時間長長久久，忘都忘不了。**

一般學單字的方法

一般的單字學習法可以大致分成兩種：記憶法及分析法。

記憶法：
－聯想法（語音與語意的聯想）
－音節拼字法（如 at-mos-phere，以拼字 spelling 做為背單字的方法）
－圖形法（如在腦海中浮現人在銀行的情境，藉由圖形之間的關聯去學習，又如身體的各個
　部位）

分析法：

－字首、字尾及字根學習法（又稱字形法，如 peri-pheral）

－ 字義分辨法（分辨 advise、counsel、suggest 不同的使用時機；absurd、 ridiculous、
   silly、preposterous 不同的意義等）

這些方法有其功能性與實用性，對短暫的學習或是單字量有限的人有實質的效果，但是時間
一久，卻也往往無法記下大量單字（如閱讀《紐約時報》所需的數萬單字）。

有效的單字學習法：語言實證法

要如何學單字呢？最重要的關鍵在於，一定要使用這個單字！

讓我們先來談談什麼是單字（word），依照《韋氏字典》（*Merriam - Webster Dictionary*）
的定義：

A speech sound, or series of them, serving to communicate meaning and consisting of at
least one base morpheme with or without prefixes or suffixes but with a superfix; unit of language
between the morpheme and the complete utterance.

此段定義指出，單字其實是語言的聲音，其目的為溝通，包含有意義的詞素（morpheme）。

此定義點出了單字的兩個特色：聲音及意義。針對這兩個特色，可以知道要掌握一個單字，就要從聲音入手，但同時也要知道這個單字的意義，也就是如何把它放在句子中使用。

　　背單字與使用單字是兩回事。學習單字時，不需要去背稀奇古怪或生活中根本用不到的單字，如 pangram。單字只要常常使用，根本就不會忘記，比方說「打開」電腦、手機，要用 power on。常常使用的字詞，根本無須刻意背誦，就能自然而然地記住，又如麥當勞（McDonald）、肯特基（KFC）等，大家都唸得出來又耳熟能詳。然而，儘管不用刻意去背誦單字，但也要請大家特別注意，必須記正確的單字且實際運用之。學習記單字就跟學習文法一樣，要實際使用，而不是硬用某些分析法或是記憶法去強記。

　　像一般人在背 university（大學）這個字時，都習慣先用手寫出字母，再唸出聲，不過很多人就算唸了五、六遍，還是會忘記，因為這些人都忽略了語言的本質。單字（word）就是語言的聲音（speech sound），一個單字最重要的就是聲音，聲音是它的主軸，換句話說，一個單字，只要你不會發音，就幾乎沒有意義。所以一定要落實使用的概念，張開嘴巴，把字唸出來之後，再進入腦子裡，經過如此循環的過程，才能確實記住。如果只是背字母符號，並不符合語言的概念，因為語言是以「聽」為主，而不是「看」。所謂的朗讀（reading），其實就是「唸出聲音」。

經過以上說明，本書歸納出幾個觀念與大家分享：

1. 學習「有用的（實用的）」單字：出現在身旁的單字，就是有用的單字！

· 以工作場景為主的單字

· 以實際生活為主的單字

· 周遭環境的英文單字（捷運、高鐵、餐廳、機場等）

2. 以聲音入門（唸出該單字）

· 結合單字的聲音（sound）、形象（image）或是觀念（idea）

· 語感的練習——大聲朗讀

3. 語意的學習

· 實際的使用場景：自行配合現實場合造句——利用十大句法

現在請大家試著記住以下的單字 ：subsidize（補助）；conform（遵從）； regret（後悔）；pretend（假裝）；rotate（輪流）；assume（假設）；oppose（反對）

試問，一個禮拜後，你還記得幾個呢？你的記憶力好嗎？其實要學會這幾個字，靠的不是記

憶力。接著將以 subsidize 為例，透過下列幾個步驟，協助大家使用這個字，讓你永遠忘不了。

一、請依照發音結構，將 subsidize 分成 sub-si-dize，看到任何英文單字一定要會唸，最好不要靠音標，而是依照字母的發音，將聲音唸出來。接下去，將 subsidize 大聲唸個 5 ～ 6 遍，如果有錄音設備，可以將自己的聲音錄下來，一有空，就隨時放出來（保證忘不了）！

二、依照今天一天所發生的情境，對自己說一句包括 subsidize 的話。請大聲反覆唸個三到四遍，可以的話也錄下來，有空就放給自己聽。

例：After the typhoon, the government subsidizes（現金補助）the farmers for their loss.

只要確實依照以上兩個步驟去做， subsidize 這個字 將會永遠停留在你的腦子裡。

自己的聲音永遠是最好的利器，一定要自己發音！而自己造句並大聲唸出來，則可以協助你了解語意。

一生必學的英文單字
II. 如何掌握單字？

　　要掌握單字，依照學有用的單字、以聲音為主、放在情境中使用等三個原則，一方面可以強化單字在腦中停留的時間，一方面可以了解此單字的用法。不管是什麼單字，如果不知如何使用，無法放在語言情境中，就只是一個獨立個體，強記這個單字絲毫沒有意義。像是把一本字典或一本厚厚的 3,000 或 7,000 單字書從頭到尾背下來，大概只有記憶力超強或是智力甚高的人才做得到。絕大多數人應該都跟我一樣辦不到，就算真的開始背，也無法持之以恆。單字一定要是有用的，也就是會三不五時出現在你的工作、生活或是閱讀範圍之中，這樣才能隨手拿來使用，不用背，單字也會進入腦中。我們常開玩笑，現在學生會記得 seven 及 eleven，但是對 eight, twelve

可能都不會唸。主要是路上到處都是 7-ELEVEN，看多了，不用記也會用。

創造自己的單字學習環境

不過你或許要問：如果我的生活、工作環境完全用不到英文，那要如何隨手取得英文單字呢？我的答案是：學習英文的環境要自己創造！如果你在郵局工作，可以常常問自己：快遞的英文（express mail）怎麼說？寄掛號信（send a registered mail）要怎麼講？這種以自己工作為主，常常自言自語去創造單字學習環境，就是掌握有用單字的方法。如果想要進一步擴展自己的單字使用範圍，可以依照自己的興趣，找尋相關的英文雜誌（如時尚：*Vogue*、電腦：*Wired* 或 *PC World*、行銷：*Entrepreneur*、運動：*ESPN the Magazine* 或 *Sports Illustrated*、文學文化：*New Yorker*、藝術：*Smithsonian* 等），不要找太過專業的素材，盡量以興趣消遣為主。

學習單字的三大原則

· 有用的單字──身邊的單字
· 掌握聲音──不靠音標，看到字母就唸出來，也就是所謂的自然發音法
· 實際使用在情境中──一定要自己造句，對自己說出來

唸出單字：音標或是自然發音？

　　我一直強調單字要唸出聲音，句子也要講出來，才會進入腦子的語言區裡，不斷地講個三到五遍，自然就不會忘記。我一再強調的重點是要會唸出單字，只要看到單字就要會唸，至於要不要學音標，則是見仁見智。

　　我個人認為音標或許有輔助發音的功能，然而以英文為第一或第二語言的使用者，其實是不學音標的。音標是一種發音的輔助系統，太早學或是太過執著（依賴）此套系統，對熟悉個別單字不一定有幫助。反而是一看到某個單字，就能大致唸出其發音，透過已熟悉的單字（如 con-quer 的 con 發音與 con-sider 的 con 一樣）來建構自己語音的系統及熟悉的方式，對掌握單字的發音更加有利。

　　我們早期學音標，常常會將字母與音標的符號及發音混在一起。對理解力不足的小孩來說，學習反而更加困難，因此即使學會了音標，有時也不知如何將這些符號組合起來，唸出完整的發音。現今很多電子英文字典或是網路線上英文字典都有單字發音的功能，想要知道如何發音，早已不是問題。

　　因此我要揚棄音標的發音策略，採用兩個概念來處理單字發音：

　　一、以字母為基礎的發音方式，也就是大多數母語人士所熟悉的自然發音法：熟悉英文字母的發音方式，如 c 在字首時，發音大都與 k 或 s 相同。

二、從熟悉的單字開始，逐步建立個人的發音系統，長久以往，就可以不靠字典或音標，自己找出新單字的發音規則。

不管是學習哪一種語言，大多需要自我摸索出一套方法，發音的訓練也是如此。不要只依賴音標，畢竟隨時都得查字典上的音標才知道怎麼唸的話，並不符合語言學習的即時性與實用性。

單字的學習首重「使用」，也就是一個單字，如果不用就不會進入個人的字彙庫，所以我才會一再強調，每次學會一個單字的唸法及涵意後，一定要在當天或是當週實際使用一次。所謂的使用，就是要依情境來造句。如果是出外旅行，就要以所學的字詞造出與旅行相關的句子。

如何造句？

英文句子以主詞＋動詞為主要結構。先找一個動詞，然後想好主詞，而主詞可以是人（Mr. Wang）、物（my Casio watch）、事情（to claim the baggage）或是抽象的概念（punctuality 守時）。我們可以依照以下步驟，使用學到的單字來造句。

動詞：refund（退貨、拿回現金）
使用情境：通常買任何物品，如果不滿意或是物品有瑕疵，都可以退貨並拿回現金

一、 主詞＋動詞（你的錢 Your money ＋被退回現金 be refunded）

 Your money will be refunded.

二、增加其他的情況 （加入一些修飾用語或是附屬的一些情況）

　　1. 全額退還 be refunded in full（修飾）

　　Your money will be refunded in full.

　　2. 如果你不喜歡這次的旅程。（加進一些附屬的情況──如果不喜歡）

　　If you don't like the journey,

　　3. 如果你不喜歡我們為你安排的旅程（補充說明旅行是我們為你安排的）

　　If you don't like the journey we plan for you,

　　三、完整的句子：

If you don't like the journey we plan for you, your money will be refunded in full.

　　根據以上的例子，可以看出英文句子是延伸的概念，先有主詞與動詞，熟悉動詞用法之後，再加上其他的情境，這樣句子的語意就會比較完整，也比較有英文思考的模式。切記！千萬不要用中文逐字翻譯。

找到最適合自己的發音方法

英文單字的發音有時還真不簡單，並非所有的字母產生的音都是一樣的，如 time 中的 ti- 與 timid 中的 ti-，兩者雖然都由 ti- 開頭，卻會因為前後組成的字母不同，形成不同的發音。不過，我並不建議大家因此而去背一些發音規則，而是希望大家能夠從生活周遭經常看到且熟悉的單字中，自行歸納出專屬自己的發音規則，這樣才能將任何新的單字都內化為自己的單字，如 timid 中的 ti- 可能跟 until, tip, tinkle 中的 ti- 是一樣的，而 time 中的 ti-，則是與 title, tidy 等字一樣。這樣慢慢去歸類，就能找到一套最適合自己的發音方法。

建立單字發音的能力（Ⅰ）：找出各個母音與子音相對應的字母

有些人可能對於如何將一個字拆解成不同單元（所謂的音節）並不熟悉，像是哪些字母要跟哪些字連在一起？哪些字母是跟前面的字母連在一起，哪些字母又跟後面的字連在一起？接下來，我將會提出幾個原則協助你正確發音。

一、找出母音的字母：
任何英文單字都是子音跟母音的結合，母音所相對應的字母為 a, e, i, o, u ，但有時這些母語

字母與其他字母結合，也會產生其他母語的發音，如 -aw-, -ay- 等，但是不用擔心這些複雜的組合，只要先找出母音的所在位置，就可以決定如何將一個單字拆解成不同單元來發音。

二、找出子音所相對應的字母：

子音所相對應的字母為 a, b, c, d, f, g, h 等非母音的字母，子音與母音搭配，就可以形成一個可以發音的單元（即「音節」），英文單字的發音，就是由這些發音單元所構成。

建立獨立發音的能力（Ⅱ）：結合子音字母與母音字母

搭配前面或是後面的子音字母：大多數的單字都一定會有一個母音字母（a, e, i, o, u），這些字母都會搭配前面的子音字母來發音，有時也會搭配後面的子音字母來發音，而這些子音字母不一定只有一個，有時會出現兩個或三個；有時，多出來的子音字母則是搭配後面的母音字母。我們用以下的例子來說明：

time：看起來有兩個母音字母，但是最後一個 e 不發音，所以這個單字只有一個單元（也就是一個音節），因此發音就是 i 的母音發音（與 title 同）再加上前後的子音字母：t 和 m。

timid：母音字母 i 共有兩個，因此就分成兩個部分 ti-mid。

question：e 與 io 構成兩個單元，所以就分成 ques-tion。

sacrifice：四個母音字母分別是：a, i, i, e，但是最後面的 e 不發音，所以只有三個單元 sa-cri-fice。

homogenesis：五個母音字母是 o, o, e, e, i，所以分成五個單元（音節）ho-mo-ge-ne-sis，大都是母音字母搭配前面的子音字母，只有最後一個母音搭配兩個子音 -sis。

destruction：四個母音字母 e, u, i, o。最後的兩個母音字母 i 和 o 連在一起，視為一母音單位，所以這個字分成三個單元 de-struc-tion；第二個單元（音節）的 u 搭配前面的 str 三個子音字母以及後面的 c，算是比較複雜。

turbulence：四個母音字母 u, u, e, e，最後的 e 不發音，所以分成三個單元，即 tur-bu-lence。

到此似乎可以歸納出，字尾 –e 的單字，e 都不發音，如 time, sacrifice, turbulence, make, believe, live, little 等字。當然也有些位於字尾的 e 會發音。不過，只要字尾是：**子音字母＋ e**，e 都不發音。

注意：這些規則，都是每個人實際嘗試發音後，等到單字累積越來越多，自然可以由經驗中得知語言內化原則，不必特意去找針對單字發音的書來研究這些規則，即使會因此犯下

一些錯誤，日後也可以透過別人、電子字典或網路字典的發音來自我糾正。推薦各位一個非常好用的免費網路線上字典（http://www.merriam-webster.com/dictionary/dictionary），對協助單字發音方面相當有助益。

建立自我發音的能力（Ⅲ）：重音

　　除了瞭解字母所對照的發音，以及如何將單字的每個發音單元（音節）分開來唸之外，另外要注意的就是重音。英文是具有重音節奏的語言。所謂重音，是指當一個字具有有幾個發音單元（音節），其中一個單元（音節）會唸得比較明顯，或是音調比較高，這個音節就是所謂的重音節。有時必須知道那個音節必須唸明顯一點，產生出強弱對比，才不會讓聽者產生誤解。由於所謂的輕重讀音，是一種比較的感覺，因此單字必須是具有兩個發音單元（音節）以上，才會有重音，而且重讀的音一定是母音字母所發出的音（a, e, i, o, u），而非子音。

　　英文單字的重音節有些簡單的規則，只要常常自己發音唸出單字，久而久之就可以歸納出一些原則，在這裡提供六個原則供各位參考：

1. **大部分的英文單字，重音都放在第一個音節。**

   例： cé-lebrate, tér-minal, túr-bulence, cán-didate

2. **重音在第二個音節：兩個音節的動詞**

   例：pre-sént, ex-plóre, re-crúit, de-scríbe

3. **重音在第二個音節：帶有下列字首的單字：a-, ab-, ac-, al-, be-, con-, de-, dis-, im-, in-, en-, mis-, pre-, re-, trans-, un-，重音是放在此單字具有主要意義的字根（root）上**

   例：ap-pré-ciate, ar-ránge, a-bóut, be-cáuse, be-líeve, de-cíde, im-pó-ssi-ble, in-déed, trans-fér, un-áble

4. **重音在倒數第二個音節：字尾為 -ic, -tion, -sion, -rian 的字**

   例：ce-le-brá-tion, con-fir-má-tion, res-er-vá-tion, te-le-ví-sion, do-més-tic, ge-o-grá-phic, ve-ge-tá-rian

5. **重音在倒數第三個音節：多音節的字，其字尾可能是 -ty,-cy, -phy, -gy**

   例：re-spón-si-bility, u-ni-vér-si-ty, phi-ló-so-phy, e-có-lo-gy

6. **名詞與動詞同形：當動詞時，重音在第二音節；當名詞時，重音在第一音節**

   例： cóntrast (n.), con-trást(v.)

   réspect (n.), res-péct (v.)

   présent (n.), pre-sént (v.)

　　這些原則僅供參考（當然也有些例外）。只要自己嘗試發音，再比對一下網路字典上的發音，自然就可以掌握住重音的規則。不過，請注意一點，別背規則，不斷練習，比較重要！

創造使用環境

　　單字的掌握，除了發音與用法之外，創造使用的環境非常重要，也就是這些單字一定是在日常生活或是工作中常遇到的。如此一來，自然就會有使用的迫切性與即時性。然而，每人的生活經驗其實都是有限的，想要擴展自己的單字領域，是需要一些方法的。要不然，用來用去都是相同的幾個單字，肯定無法增加自己的閱讀能力或是英文的說寫能力。

自行創造生活閱讀情境

　　每一週，針對自己有興趣的主題，創造一個使用的環境。如果下禮拜要出國度假，就可以開始假設自己從機場出發到海關，從飯店入住到旅遊購物會面臨到的英文單字或是使用到的詞句，並開始反覆練習，**透過自言自語的方式**，去練習這些單字；如果下禮拜將要接待一位外國友人，請先想想自己會碰到什麼狀況，例如帶他去逛夜市（night market），吃台灣小吃，如炒米粉（stir-fried rice sticks）、豬血糕（pig blood cake）、去購物中心（shopping center or mall）、買紀念品（to purchase souvenirs）等，這樣就會有更多不同領域的新單字出現在你的生活環境之中。

　　英文是國際溝通的語言，也就是說現在講英文或是使用英文的人並不一定是英語母語人士，在國際場合中，我們常常使用英文與非母語人士對話，因此使用大家都能理解的用語（或是單字），可能比熟悉英美人士的慣用語更加重要。即使以英語為母語的國家，英國人與美國人所使用的表達方式，或使用的單字也不盡相同，如電梯，美國人用 elevator，英國人用 lift；如地鐵，美國人用 subway，英國人用 underground 或是 tube。哪一種比較常用呢？這要看你身處的地方。不過一般來說，使用美式的說法，通常比較可以為多數人所了解。太偏重個別區域或是文化性的單字（如前面所提的 tube），其實是可以忽略的。一些標榜美國或英國人愛用的道地俚俗語，在現今國際英語（English as an International Language）或是全球英文（Globish）已蔚為主流的環境中，可以不用花太多時間去理會。

快速掌握單字的方法：從已知到未知

　　如何去熟悉國際英語的使用單字呢？可以找一本國際發行的英文雜誌（必須配合自己的興趣或是專業，不要為學英文而勉強自己去閱讀自己不喜歡的文章），每天找一段文章，看第一遍的時候，利用主詞＋動詞的語法結構，先大略了解語意，然後將不懂的單字標記出來，試著利用上

下文，猜猜這些單字的意思，絕對不要一開始就猛查字典。當然，閱讀的文章素材不能超出自己既有的字彙範疇太多，一段 150 ～ 200 字左右的文章，看不懂的單字最好不要超過 20 個，如果超過了，表示文章對你來說太難了！先從容易了解的文章開始閱讀，從已知單字推測到未知單字，就是快速掌握單字的一種方法。如以下的例子：

The traffic on Main Street / was obstructed / for several hours / due to a car accident / in which six people were injured.

大街的交通 / 被 obstructed / 持續幾個小時了 / 由於一場車禍 / 車禍中有六個人受傷

91 年大學指考

以上這句話，一般程度的讀者應該有一個單字（obstructed）不熟悉，請不要急著查字典。先了解語意，主詞是交通（大街的交通），動詞是被 obstructed，時間已經持續幾個小時了，由於（due to）一場車禍。所以依照上下文，was obstructed 應該是被阻礙或是被阻擾：由於車禍，大街的交通被 obstructed（阻礙）好幾小時。透過上下文的推敲，從已知的一些單字（traffic, car accident）去推測出未知的單字（obstructed）。

從上下文找出單字的意思，就是從已知的其他單字中找出未知單字的意思。此外，有時也可以透過單字本身的一些組成結構（字頭、字根、字尾），來推測一些相同字形的單字。

發展自己的單字庫

　　建立自己對字頭、字根與字尾的瞭解。字形分析常常是很多人擴展單字能力的一種方法，掌握單字組成單元的一些基本意思，如具有 trans- 的單字都是表示移動、改變或是傳輸的意味（相關的單字：transfer, transport, transit, transform）。市面上有很多英語字根字首字尾的分類字典與相關的單字書籍，雖然對單字的結構與語意瞭解有幫助，但是如果以記憶的方式去背誦這些字根、字首與字尾，可能又會陷入記憶的泥沼裡而不可自拔。建議應該建立一套專屬自己的單字規則，可以從兩方面著手：

　　一、相同字母的發音：有些字母所標示的音會重複出現在其他單字上，應該以類比的方式來大致「猜」出另一個字的發音，如 con-sider, con-trol, con-fess 等。

　　二、利用所知的字形（字首、字根、字尾）來協助熟悉類似的單字：如 describe 表示描述，以下幾個字都有 -scribe，如 inscribe（書寫）、subscribe（簽名認可；捐獻、訂閱）、prescribe（開藥方）等，除了 scribe 發音都一樣外，可見帶有 –scribe 的字，含義都頗為接近（均帶有書寫、劃記號的含義），而 scribe 也就是所謂的字根。

　　等到累積了相當的單字量後，就會看出某些單字的組成成分或發音很雷同，可以據此發展自己的單字庫（發音與字形），有利於延伸自己的單字認知，將單字歸類與儲存在自己的語料庫裡。

　　沒有必要藉由字根字首字尾的字典來死背構字規則，只要透過自行歸納與內化之後，自能形

成一套最適用於自己的規則。

使用單字永遠是掌握單字的最好方法，除了知道單字如何發音之外，一定要自行造句。可以透過模仿、仿效來依樣畫葫蘆，自己造一個句子。比方說，我現在用動詞 apologize 造出的一個例句：I apologize for the delay.（很抱歉延誤了。）各位應該可以從而推衍出諸如：I apologize for the inconvenience.（很抱歉造成不便。）、I apologize for not answering your e-mail earlier.（很抱歉沒有早點回信。）等句子。

英文單字的上下文搭配：為單字找到合適的用法與修飾

使用此單字，除了自行模仿造句外，就是找到此字的合適用法。英文單字的使用，除了必須符合文法之外，大家所公認的用法或是慣用語，可能還更加重要。也就是與這個單字互相搭配的用詞或是修飾語，如單字 risk（危險、風險），想要表達冒某種風險，動詞要用哪一個呢？當然不能以中文來直接翻譯，一定要選擇與 risk 搭配的一些英文動詞，如 face the risk of, run a risk, take a risk, assume the risk of, undertake a risk 等，而不會使用 make 或 let 這類的動詞。face, run, take, assume, undertake 就是跟 risks 搭配的動詞。以此類推，想要表示冒著很高的風險，可以用 take a big risk，這裡用來修飾 risk 的是 big，而非 large。以上這些就是一些跟 risk 搭配的慣用詞。

那麼，要如何找到這些慣用搭配詞呢？在閱讀的時候，通常需要留意單字的上下文，如果是

名詞，請注意與其搭配的動詞，或是位於其前面的修飾語；如果是動詞，除了注意其用法，還可以看看後面所接的名詞或動詞前面，接了什麼樣的修飾語（通常是副詞 –ly 形式的字詞）。如果想要知道這個單字是否還有其他的搭配詞，可以查閱這方面的字典，如 *A Dictionary of English Collocations*《英語搭配大詞典》、*Oxford Collocation Dictionary*《牛津搭配字典》，也可使用線上語料庫來查單字的搭配用法：http://corpus.byu.edu/bnc/。

　　一般人看到不懂的單字，第一個反應通常就是查字典，其實遇到不認識的單字，可以看上下文或依照個人單字庫內的類似字，來猜出該單字的意義。如果搜尋自己腦中的資料庫後還是無法得知此的意思，再去查字典。

如何查字典

　　看文章時，最好不要一看到單字就查一次字典，可以先將不懂的單字標出來，至少看完一段之後，再查字典。然而，查字典時，有時一個字往往會有好幾個意思，到底是哪一個才對呢？以下提供幾個原則供你參考：

　　一、看上下文：一個單字在不同的上下文中，含意也會有所不同，如果這個字有兩個以上的含意，就必須對照文章的上下文與字典的例句，判斷哪一個意思比較接近。因此，最好使用有例句的字典（辭典），比較能找出單字最精確的意思。

例如 forward，可以指「前面的」、「往前地」、「早熟的」（a forward girl），當動詞時，也同時有幾個解釋，如促進、表達、轉遞等。字典上會根據不同字義，造出不同的例句，這時可以將文章上的例子（Please forward my call to the Office of Student Affairs.）與字典上的例句交叉比對，即可推知此處的 forward 當動詞用，表示「轉接」的意思。

二、**查看單字的用法**：除了語意外，最重要的是單字的用法。如果是動詞，它是如何放在句中的？如是名詞的話，跟它搭配的動詞或是修飾語為何？知道用法對掌握（或是記憶）一個單字，非常有幫助。

如 attach（附加），當動詞用時可以造出這樣的句子：I attach a copy of memo for your information.（來源：*New Oxford American Dictionary* 《新牛津美語字典》），也可以將 attached file 連在一起用，表示附加檔案。

三、**一次學會一個用法就好**：有些單字有不同意義或是不同的用法，不要妄想只要查一次單字就可以完全了解每個字的用法與意思，也不要去分辨跟其他類似單字的不同之處，免得造成學習與使用的負擔。

四、**模仿字典的例句**：自己試著造句，而且不要忘記要唸出聲。

字典例句： Has he been informed of his father's death yet?（《遠東英漢字典》）

Have you been informed of the coming meeting?（自己的句子）

要用哪些字典？

自我學習單字，當然必須靠字典，到底要使用哪些字典呢？市面上各種字典，在內容、編排方式及功能之上，如何找到自己合用的字典非常重要。

一般市面上買得到的字典，大抵分成幾類：

1. **單字解釋的字典**：這類字典大都強調單字的定義解釋（definition），在台灣可以買到英英或是英漢的字典，如 *Merriam-Webster Dictionary*《韋氏字典》, *Webster's New Wrold Dictionary of the American Language*《韋氏現代美語字典》或是口袋型的《大陸簡明英漢辭典》。這些字典多強調單字量，單字用法僅有少數說明，對於閱讀較有幫助。

2. **提供用法的字（辭）典**：除了單字的意義解釋外，這類字典會提供單字的一般用法或相關用語與慣用語。英漢字典，如《遠東英漢大辭典》；英英字典，如 *Macmillan English Dictionary*《麥克米倫英語字典》、*Random House Webster's Unabridged Dictionary*《藍登韋氏全解英語字典》。

3. **同義字與反義字字典**：這類字典將某一單字的近似語意或是相反的單字羅列出來，對於寫作時，換用不同的字詞表達或是尋找相關的字詞，很有幫助。如 *The Synonym Finder*《同義詞典》、*Roget's Thesaurus*《英文同義詞詞典》。

4. **搭配詞典**：某個單字應該與那些修飾語或是上下文搭配，這些字典都會提供，對於僅知

道一個單字，但是不知如何使用此單字或是放在何處，這種字典對寫作很有幫助。如 *Oxford Collocation Dictionary*《牛津英語搭配大詞典》。

5. **圖解字典**：以分類為主，如教室、機場、身體部位等。附上圖形與單字。如日常生活的用語與用品說法，很有助益。如 *The Oxford-Duden Pictorial Chinese & English Dictionary*。

6. **字源字典**：此字典可以協助學習者找到英文單字的發展起源、各時代不同的用法與拼法，如 *Oxford English Dictionary* 或是一般的字首、字根與字尾字典。

7. **發音字典**：針對單字的發音，尤其是某些專有名詞的發音等。如 English Pronouncing Dictionary of Proper Names（專有名詞發音辭典）。

8. **其他專用字典**：俚俗語字典（Dictionary of Slangs）、成語字典（Dictionary of Idioms and Phrases）、引言字典（Quotation Dictionary）、典故字典（Dictionary of Allusions）、符號象徵字典（Dictionary of Symbols）、專門用語的字典（如 Dictionary of Law 或是 Dictionary of Names）。

要用哪種字典呢？針對初學者，如以閱讀為主，建議使用單字解釋的字典；卻用於寫作的話，至少應該準備具有詳細用法的字典或辭典、同義字字典及搭配辭典等三種。其他字典則依照不同的需求來購買。對於常出國的人，買一本圖解字典，可以協助了解生活起居與旅行的用語。

網路字典

常用的字典除了定義及用法的字典或是詞典外，網路上還有很多免費的字典。如 *Merriam-Webster Dictionary*（http://www.merriam-webster.com）或是英漢字典（Yahoo! 奇摩字典 http://tw.dictionary.yahoo.com）等。

不過台灣人也很常使用電子字典；電子字典結合聲音與影像，對於掌握單字頗有助益。有些電子字典還附有百科全書、語言學習練習、電子書及遊戲等，資料豐富，幾乎等於個人的隨身資料庫。不過字典最重要的功能還是查單字，到底應該如何使用電子字典呢？

如何使用電子字典

市面上的電子字典大同小異，除了前面所說的各種影音及各種語言學習資料外，所附的電子字典大都為紙本字典的電子化與語音化，也就是加上聲音的紙本字典，但是卻缺乏紙本字典可以隨手翻閱，查看上下單字或是相關單字的便利性。

電子字典大都是以單一單字呈現，再搭配附加例句、發音及同義字或類似字。如以 concur 為例，第一畫面出現 concur 的所有解釋，然後再依不同功能（如用法、例句、同義字、字源或是發音）進入不同畫面去尋找相關的資訊，往往要按幾次後，才能完整地知道如何使用這個單字。

畫面的切割，其實不利於整體單字的認識。從這一點來看，紙本字典比較有利於掌握一個單字。所以使用電子字典應該與傳統字典的使用有所區別，採取不同的策略與運用方式：

1. **強調單字的發音**：一般電子字典都是標榜真人發音，因此，可以仿照本單元一直強調的自行發音，看到字母就試著自己出聲，不依靠音標。聽聽自己的發音與字典的發音是否一樣，練習自然發音的方法。可以多聽幾遍，以聲音掌握單字。

2. **查閱例句，並出聲模仿造句**：與查閱紙本字典一樣，透過上下文了解此字如何使用或是如何配合文中的含意。知道單字用法之後，然後按下朗讀鍵，讓電子字典唸出整句話，自己再跟著練習，所以除了熟悉用法之外，還必須自己唸出整句話。

電子字典最大的好處就是有聲音的輔助，所以一定要善用聲音功能。此外，有些電子字典也納入同義字，對於寫作時找字很有幫助。

紙本字典與電子字典比較

	紙本字典	電子字典
價格	低廉（數百元至二、三千元）	昂貴（數千元以上）
資料量	功能單一	功能多元（多本字典＋影音＋電子書）
單字量	依字典大小而定	與紙本同（多本字辭典）
查詢方法	隨時翻閱、上下文查索、跨單字與跨頁查詢方便	開機、按鍵查詢、畫面切割、跳躍查詢
優點	價格低廉、上下文查詢方便、隨時取閱	聲音輔助、資料量多元、攜帶方便
缺點	大字典笨重、不易攜帶，沒有聲音輔助、部分字典功能有限	價格昂貴、須充電、開機及查詢步驟過多、查詢畫面被切割不利學習

選購字典的建議

依照個人需求及先前的字典介紹，購買幾本紙本字典（含口袋型字典）；出門在外時，可透過網路或是智慧型手機內建的字典。如負擔得起，可以買一台電子字典！

情境式的學習

掌握單字的最佳方法，並不是拿單字書猛背，也不是看英文書或是雜誌來學習單字。最好的方法是透過生活的體驗、經驗來學習！有時教科書上的單字並不實用，而日常生活的單字又不出現在教科書裡！台灣學生一直被批評英文說不出口，問題可能出在很少學到日常生活的單字。情境式的學習單字，也就是進入生活情境去體會英文所需使用的單字，可以豐富日常生活的英文單字，也更容易掌握單字！英文老師常開玩笑說，學生不會唸英文的 12（twelve），但幾乎全部都知道 eleven，因為 7-ELEVEN（7-11）到處都有。

情境式的單字學習

早期的情境學習，就是老師在教室裡面提出某些實用的單字或是句子，解釋完畢後，要求學生練習，模仿生活情境或是角色扮演。現在很多學校建立情境學習場地、線上虛擬實境來創造互動學習的機會。情境學習並非虛擬，是真實體驗。

一、**事先想好或是查好實用單字**：每天上班或是上學，選定今天會去的一個地方，如郵局或是早餐店。事先使用圖解字典或是網路字典，將相關的單字念一遍！例如會去郵件寄國內包裹（domestic parcel），順便去提款機（ATM = Automatic Teller Machine）領

錢（withdraw money）或是轉帳（transfer 25,000 dollars to my credit account）。

二、**到了現場，開始默念剛剛記得的單字（如果可以，就對自己講一句話！）**：將查好、想好的單字在現場默念一下（mail a domestic parcel or withdraw 2,000 dollars from ATM）。當然也有可能會忘了！沒關係，今天忘了哪個單字，有空坐下來再查或是等下問人！

三、**日後再回去現場複習**：一週之內，有時間再重回現場，重複之前的單字，幾次下來，你的臨場單字學習就完成了！

四、**注意現場的英文單字**：台灣很多場合都有中英文標示。等待的時間，不妨看看那些英文標示或指示，利用本單元強調的自然發音（依照字母）在心中默唸，日後再用網路字典或是電子字典驗證自己是否唸對。在捷運上，聽到英文廣播時，心中也跟著複誦一遍（Mind the platform gap. 小心月台間隙；Next station is Wanfang Hospital. 下一站萬芳醫院）。

我個人之前在美國，常常帶留學生去看病或修車，事先一定利用各種字典（如圖解字典）準備好看病、修車等相關單字。到了現場，馬上可以派上用場。而且用過一次，永遠不會忘。所以在實境中使用單字是學會單字最好的方法。台灣沒有講英文的機會，就要自己創造實境！

III. 一生必學單字的關鍵

我一再強調動詞是英文句子的靈魂，會用動詞就掌握了語言的關鍵。此外，名詞在語意表達中也是具有具體內容（content）的字眼。因此動詞與名詞就是一生必學單字的關鍵所在。

動詞——英文的靈魂

我一直強調動詞與名詞在溝通上的功能。動詞，可說是英文句子的靈魂，也就是動詞決定了英文一句話的語意與句型結構。我們之前常在文法書上讀到所謂的英文五大句型，其實就是來自

各種動詞的不同用法而產生的。學任何動詞，不必去記是是哪一類動詞，而是應該注意它在例句中（在語言情境中）是如何使用的，所以大家可以注意到本書的語意與用法中，會提到這個動詞在什麼情境中最常用或是該怎麼用。學會動詞的使用，就掌握了英文最重要的關鍵。

動詞的使用：如何判斷動詞的用法

看到任何動詞，首先一定要認清它在句中的位置及後面所接的字為何。大部分的動詞都是放在一個名詞（也就是此句話的主詞）後面，如果是過去發生的，就會加上 -ed, -ied，如果是未來會發生的事情，就會使用 will 或 shall，如果是現在發生的事情或是現在的狀態，就用原來的形式，但是主詞如是 he, she , it，動詞後面會加上 -s, -es, -ies。簡單地說，英文會利用動詞的一些變化或是在動詞加上一些補助的字詞，來表示動作發生的時間。除了這些時間變化之外，動詞的使用，主要看其語意及用法，也就是動作結束後，是否還有後續。

一般來說，動詞有幾種形式的用法：

一、動詞＋名詞（人、事、物）：動作後面加上一個名詞，表示動作施受到這個名詞，如動詞 accumulate the wealth（累積財富）；cut down the supply（降低供給）。

二、動詞＋ that ＋一句話（動詞的語意引導另外一句話），如動詞 predict：The expert predicts that the stock market will not be very stable for the next week.（專家預測＋

that +股票市場在下周會不穩定）。

三、動詞本身很完整，不必加任何名詞，但是可以加一些修飾語。如動詞 fluctuate（上下波動）：The oil price fluctuates from day to day.（油價每天都在波動。）

四、動詞＋ for, in, at, to, on…＋名詞：有些動詞本身語意完整，但是可能後面還有延伸的意義，所以加上一些補助詞（文法上稱為介詞），後面就可以加上一個名詞（人、事、物）。speculate on / about +事（推測或是思索某些事情）：Many scholars are speculating on the existence of aliens.（學者在思索、推敲外星人的存在問題。）

以上是動詞的一些簡單判斷方法，看到一個動詞，先利用上述的簡單原則，看看它到底是如何使用的，之後只要模仿使用即可。

動詞的語意與情境學習

看到任何動詞，除了知道其語意外，更重要的是一定要知道該動詞會在何種狀況下使用。很多動詞不只一個意思，在不同狀況或情境下，會有不同的用法與說法，以動詞 develop 為例，一般的用法指的是「發展」或「開發」，如 develop my business（開發我的事業）；develop 也可表達在照相中「沖洗」照片，如 My brother stayed in the dark room, developing his photos.（我

哥哥在暗房中沖洗照片。）另外，develop 也含有「規劃」或「逐漸擴充計劃」的概念，如 We have developed an excellent plan for the student union.（我們為學生活動中心規劃出一項絕佳的計劃。）

雖然一個動詞可能有多種情境用法與語意，但是學習任何新動詞時可記住以下原則：

一、一次只學一種情境與用法，一次只了解一種語意 。別太貪心，一次學習太多的用法反而會妨礙學習，因此不用擔心某個單字的其他用法，以後還有機會學習。

二、注意該單字出現的上下文，不管是在文章中、工作場所或教室裡，將該單字與出現的場景結合，自行造出與情境符合的句子。

動詞與搭配語

英文動詞的使用，一直是掌握英文的關鍵。每個實用動詞的使用時機及搭配的詞語，都是我們在學習動詞必須注意的事項。此外，動詞的語意往往也會影響我們對於文章內容的理解以及寫作的精確程度。但是，有時在查字典（尤其是查英漢字典）時，往往只看到動詞的中文解釋，而無法知道其使用時機，並常常跟其他字混淆。以 categorize 為例，中文解釋為「分類」、「歸類」，而另一個常見的字 classify，其中文解釋也同樣是「分類」、「歸類」，學習者這時往往會問：這兩個字可以是否互通使用呢？

分辨動詞的使用情境

　　掌握動詞的使用情境或上下文的用法，是打破僅以語意（尤其是中文語意）所產生的誤解。誠如先前所說的，很多動詞可能中文語意很雷同，但是使用情境卻不同。如 borrow 與 lend，兩者都是「借」，但一個表示「向別人借」（borrow something from somebody），另一動詞表示「借給別人」（lend something to somebody）。那麼，應該如何掌握情境用法呢？

一、透過上下文，才能真正了解語意，如動詞 affect（影響），表示某種事件影響某人或是某種事物。而 influence（影響），則比較偏重在利用某些關係或權力來影響某件事或是某人，也可以表示影響某人去採取行動，與 affect 在語意上略有差異。

　　例：Obama's speech has deeply affected many American people.
　　　　歐巴馬的演說深深影響許多美國人。

　　例：Outside pressures influenced our Minister of Justice to resign.
　　　　外來的壓力促使司法部長辭職。

二、英文中沒有兩個字是完全相等的（語意相同、用法與情境一致）：即使兩個字用法雷同，但是語意上還是會略有差異。如上面的 affect 與 influence，還有另一個動詞 effect（影響造成結果），在語意與使用情境上比較接近 influence，所以常常造成混用。

三、中文語意相同，但英文語意與情境不同：如：categorize vs. classify 以及 compare vs.

contrast。categorize 指的是在一堆東西中找出共同性，並將其分類；而在一堆東西中找出差異性，並將其分類，則是 classify。compare 比較兩個物件或是兩人的相同性；contrast 則是比較其相異性。請見以下例子：

例：These books are categorized into beginner and advanced.

　　這些書歸類為初學與進階。

→ 在很多書中，找出其共同性，然後有些書是適合初學者，有些書則適合進階學習。

例：Biologists classify animals and plants into different groups.

　　生物學家將動物與植物分成不同的族群。

→ 即生物學家發現動物間的差異性，而將其分類。

注意：

　　請大家要確定字詞的使用情境，學習動詞的真正意思，不要一味背誦中文的語意，但是也別因為複雜的語意區分而感到迷惑或是覺得挫折。切記！學一個字算一個字，多看多用之後，自然就能知道箇中不同。無須針對一些類似字或是同義字，去做區分。只要記得一點，任何動詞都有其使用情境。

名詞

除了動詞之外，名詞也是影響語意很重要的關鍵。名詞可以分成四大類：人、事、物、抽象概念。

人：Mr. Smith（史密斯先生）、the CEO（Chief Executive Officer 執行長、總裁）、
　　a pretty woman（一個漂亮女子）、my parents（我的雙親）、 broker（證券經紀人）、
　　investor（投資者）

事：riding bicycles（騎單車）、 smoking in public（ 當眾抽菸）、 shopping（購物）、
　　taking the examination（參加考試）、physical examination（體檢）、
　　check-in（入住、報到）、 Chinese New Year（春節）。

物：cell phone（手機）、e-reader（電子書閱讀器）、 the main library（總圖書館）、
　　 the park（公園）、Taipei 101（台北 101 大樓）、 loan（貸款）、 bond（債券）

抽象概念：love（愛）、 friendship（友誼）、patriotism（愛國心）、tradition（傳統）、
　　　　　maximum（最大數）

名詞的使用

當名詞用的單字其使用大抵有幾個狀況：

1. 當一句話的主詞：

   例：<u>Riding bicycles</u> has become a very popular recreational activity.

   騎腳踏車已經變成一種很熱門的休閒活動。

2. 受詞：當作動詞或是其他字詞（如 at, on, in, due to 等）的承受者：

   例：Since the orange trees <u>suffered</u> severe <u>damage</u> from a storm in the summer, the farmers are <u>expecting</u> a sharp <u>decline</u> in harvests this winter.　　　99 年大學學測

   自從橘樹在夏天因暴風雨而蒙受嚴重損害，農民預期今年冬天收成會大幅下降。

   → damage 當 suffer 的受詞；decline 當 expect 的受詞

3. 修飾或是補充說明另一個名詞（可能是主詞，也可能是動作的承受者）：

   例：<u>Robert</u> was the only <u>witness</u> to the car accident. The police had to count on him to find out exactly how the accident happened.　　　99 年大學學測

   羅勃是這起車禍的唯一目擊者。警方必須仰賴他來查明意外是怎麼發生的。

   → witness 補充說明 Robert 在此車禍的角色

例 ：Mr. Smith, our broker, failed to warn us of the market crash.

我們的股票經紀人沒有事先警告我們會有股災。

→ our broker 這個名詞來說明 Mr. Smith 的身份

4. 修飾另外一個名詞：這種用法比較多元，有時是放在一個名詞前面來修飾，如 currency exchange（貨幣兌換）。

我們常常可以從工作或是生活的情境中學會實用的單字，也就是透過生活的連結，掌握英語的語彙。同樣地，如果是從教科書，或是在課堂上認識了一個單字，應該要將這個單字放回情境中，也就是了解這個單字會在何種狀況下使用，這就是單字語意與情境結合的學習方法。

名詞的可數與不可數

英文的名詞使用其實很簡單，就是當「主詞」或是「動作的承受者」。但是困擾非母語人士的一大問題是：英文名詞的可數與不可數。英文跟中文有很多不同之處，其中之一就是把英文名詞分成可數名詞或不可數名詞。所謂可數，就是可以用數字來數，有單數或是複數（表示兩個以上時，字尾會加 -s, -es, ies 等），如 a pen, two pens；不可數名詞就是屬於抽象的概念，如 love, happiness, evaluation, progress 等。從語意上大都可以區別，但是有些名詞，語意上好像是不可數，但卻又是可數 ，如 cold （感冒）可以使用 a heavy cold （嚴重的感冒）；有些語意上好像是

可數，但是卻又不可數，如 equipment （設備）。因此，你可能會問：要如何分辨並使用這些名詞的單複數呢？

一、大部分的人、物品或事件名詞都是可數的，如：proposal（提案）, coordinator（執行／協調人員）, survey（調查）, outline（大綱）

單數用法：a proposal, the coordinator, a survey, an outline

複數用法：proposals, coordinators, surveys, outlines

二、大部分具抽象概念的名詞或是帶有動作的名詞都是不可數的，如：evaluation（評價）, fundraising（籌款）。

三、語意讀起來是多數的組合，如同種類的人或動物等的組合，此類名詞就是可數名詞，但是不須使用一般的複數形式（-s, –es, -ies）。如 fish（魚）, family（家庭）, people（人）等（文法上稱其為集合名詞）。

四、事件本身的名詞，依照其語意，如具抽象概念就是不可數，如 evaluation（評價）, experience（經驗）；如具單一概念就是可數，如 survey（調查）、life（性命，一生）, experiences（各種生活經歷、閱歷）。

以上的說明規則當然也會有例外，碰到任何名詞時，可以在其出現的句子中，看出是可數或不可數，如果名詞前面使用數字（如 three）或是使用 a, an, the，則這個字十之八九是可數名詞；如果一個名詞單獨存在，前面沒有任何數字或是 a, an, the 等，字尾也沒有加上 -s (-es, -ies)，該名

詞大抵是不可數名詞。很多名詞則可以同時當成可數與不可數使用，如 cold、communication 等字。所以英文名詞的單複數用法其實頗令人困擾。解決的方法之一就是，閱讀時要看上下文的用法。

創造新詞

英文的名詞大都單獨存在，也就是一個概念，會以一個字表示，如責任義務（responsibility）。如果出現了新的概念，可能會創造一個新詞（coin a word），如電腦（computer），而中文則通常會由已知的兩個字來組織一個新詞。有一次，我這樣告訴美國友人，他覺得很驚訝，覺得中文實際而且方便多了，因為不用記那麼多的單字。例如，中文只要是插電的設備，大都會以「電」開頭，再加上表達其功能或是特性的字，如：電＋話、電＋風扇、電＋車、電＋視。尤其是「電＋腦」這個複合字，其翻譯真是神來之筆，比大陸翻譯的「計算機」精準到位，而且翻譯者（組字者）當時可能預測到 computer 在未來的發展，使得中文的「電腦」比英文字更為傳神。

但是近年來，除了創新字（coined word）之外，英文也漸漸創了很多新詞，將兩個字結合在一起，創造出一個新的字詞，如手機 cellular phone（現在已合成為 cellphone），或是將舊字賦予新意，如 text 原是名詞，意指「文章」或是「文本」，現在可以當動詞用，表示「傳簡訊」。其實，最常創造新詞的方法之一為：用一個名詞修飾另一個名詞，出現兩個名詞並列，而構成第

三個新名詞，而新的含意大多具有兩個名詞加在一起的意思，如 savings account（儲蓄帳戶）和 science fiction（科幻小說）。但有時也會出現令人意外的組合，如 guinea pig（天竺鼠），跟 pig（豬）一點關係也沒有。

其他例子包括：assembly line（裝配線）、power failure（斷電）、quality control（品質管理）等。

閱讀並建立資料庫

單字的累積除了要常閱讀、常使用之外，更要建立自己的字彙庫。建立自己的字彙庫，可以是實體的，將自己所看過的單字，準備一本單字本（最好是活頁紙或可拆下的卡片紙，當然也可以用電腦記錄），隨手記下來；也可以是虛擬的，比方說在腦中規劃出「單字儲存空間」（這種作法頗有挑戰性）；我建議最好的方法是將這些單字錄下來，利用電腦、音樂播放器、錄音筆等，以自己的聲音錄下單字；除了發音外，還要再造一個相關句子。

單字的分類

但是要將這些單字載於紙本（或卡片）、放入腦中或錄下聲音，都需要一個分類的方法。也

就是將根據字詞的相似度，或是遵循一種規則分類（categorize）之後，存放在自己腦中的語言資料庫裡。將單字分類，可以有助於單字的累積，並增強其停留在腦子裡的時間。以下介紹幾種單字分類法：

1. **字頭、字尾或字根類似的字：**

   例：以 –ment 結尾的名詞

   　　appointment, announcement, document

   例：以 con- 開始的字詞

   　　concur, consensus, convince

2. **同一情境的字詞：** 採用此歸類法時，最好將同一詞類的字放在一起，會比較有系統，而且在使用上也比較方便。

   例：從會議進行（proceed）、討論（discuss）、安排（arrange），甚至有人打斷（interrupt）到結束（end）

   將大學考試、全民英檢的寫作測驗（看圖說故事）中，可能使用到的動詞歸類統整，方便記憶。

   例：與說話有關的動詞：whisper（低語、耳語）、shout（大叫）、scream（尖叫）、exclaim（感嘆大叫）、stutter（結結巴巴地說話）、confess（承認）、swear（發誓）。

3. **在語意或用法上有連結的字詞**：可以跨詞類分類，也就是動詞、名詞可以放在一起，甚至可以撰寫成上下文或是搭配詞的形式，如 arrange the agenda, discuss this issue 中的 arrange, agenda；discuss, issue。

　　提醒各位，最好不要將意思、用法容易混淆的字詞放在一起，如：persuade vs. dissuade, grant vs. permit, result in vs. result from，這樣一定會造成學習上的困擾。所謂辯別、區分不同的字詞，並不適合初學者學習。當然還有許多不同的的單字分類法，如依照字母字序、依照認識單字的日期、圖形分類法、邏輯思考分類法等，想要使用哪一種，端看自己儲存資料的方式而定。

建立自己的單字規則、建立自己的單字庫

　　認識的單字越多，越能快速掌握新的單字。我們可以從舊有或已知的英文單字中，延伸一些規則，來掌握新的單字，並建立自己的字彙庫。

　　規則大致分成三類：發音、字的組成、單字的用法。

　　· 發音的規則：以字母來標示與它們相同的發音，如 a-bove, a-genda, a-pologize 三個字的「a」發音都相同

・**字的組成規則**：以字頭、字根、字尾為主
・**單字的用法規則**：使用方式雷同的動詞，如：be interested, be excited, be embarrassed

動詞與名詞的簡單字尾規則

動詞字尾：動詞表示動作，所以有些動詞會以類似的字尾來表示其動作，如：-ate: appreciate, allocate, collaborate，其他常見動詞字尾還有：-fy, -ize 等。

名詞：表示一種特性，如 -tion, -ment, -ity, -ness；而 -er, -or 的字尾則常表示某種特性或職業的人，如 teacher, operator。

以字尾來判斷動詞、名詞，對找出英文句子的主要結構（主詞＋動詞）很有幫助。然而，任何規則都有例外，在學習單字時，請盡量自行歸納出規則，無須刻意去背誦所謂的構字原則，也不用購買相關字典來死背。唯有自己發現規則，才會活用，也才能長存腦內，進而舉一反三。

單字的分類，除了前面所提的發音（字母發音）、字的組成（字首字根等）、情境（使用的場景，如出國旅遊）等狀況之外，還有用法的歸類，有些動詞的用法形式雷同，將其歸類，除了有助於掌握其用法之外，也可以協助語意的了解。以下先提出一些例子說明，讀者以後可以自行理出這些用法的歸類原則。

動詞的用法歸類

一、與 am, are, is 動詞合用的動詞用法：be (am, are, is) + V-ed

英文中有些動詞，主詞是人（或是動物）時，會以被動的方式表達，但語意帶有中文主動的涵義。這類動詞包括：embarrass, disappoint, interest, excite, accustom 等。

例：I am embarrassed in the presence of strangers.

在陌生人面前，我感到侷促不安。

例：She is greatly interested in what is going on in the speech contest.

她極度關心演講比賽的進行。

例：The teacher is extremely disappointed at our grades in the college entrance exam.

老師對於我們的大學入學考試成績非常失望。

二、動詞 + V-ing：有些動詞的後面如果接著另一個動作，第二個動詞會以 V-ing 形式呈現，如 enjoy, avoid, mind, practice 等，其他如 love, hate, begin, start, continue 等動詞，也常常會加上 V-ing，表示喜歡（love）、討厭（hate）、開始（begin, start）或繼續（continue）一項動作。

例：He enjoys listening to music on his way to school.

他享受上學途中聽音樂。

例：We avoid driving through main streets at night.

我們避免晚上開車經過大街。

例：Do you mind opening the window for me?

你介不介意幫我開窗？

例：We all hate doing homework on Sundays.

我們都討厭在星期日做作業。

其他還有很多動詞，雖然語意不同，但用法雷同（如感官的動詞 see, hear, observe, watch）。我們平常可以多注意這些動詞的用法，自然可以找出一些歸類的原則，以至充分掌握與運用這些單字。

在教學情境中，老師或是學生常常用使用一些比較表達自己意見、看法或是說明的動詞。

縮寫的名詞

英文單字中，除了單一的字詞外，常常會出現一些縮寫字（acronym），又稱為頭字語，也就是將很多字的第一個字母拿出來，拼成另一個看起來像一個單字的英文字，如近來非常流行的 ECFA，其實是由 Economic Cooperation Framework Agreement（經濟合作架構協定）這四個英文字的頭一個字母所組成的。英文的這種縮寫字大部分用在名詞，有時也是具有語意的片語，如

ASAP（as soon as possible）。現今很多專業術語（如商業金融、醫學、軍事、教育等等），都會使用此類縮寫字。

縮寫字的常見例子

單位、機構名稱：

WTO（World Trade Organization 世界貿易組織）

ROC （Republic of China）

OECD（Organization For Economic Co-operation And Development 經濟合作與發展組織）

各種專業（如網路、金融商業、醫學等）：

FAQ（Frequently-Asked-Questions 問題集）

ATM（Automated Teller Machine 自動提款機）

CEO（Chief Executive Officer 總裁、執行長）

FTA（Free Trade Agreement 自由貿易協定）

ICU（Intensive Care Unit 加護病房）

SWOT 分析（Strength, Weakness, Opportunity, Threat 優劣、機會與威脅分析）

書信或生活用語：

aka（also known as 又稱為）

ASAP（as soon as possible 盡快）

BTY（by the way 順便）

FYI（for your information 請參考）

TBA（To be announced 近期公告）

TGIF（Thank God It's Friday 很高興要週末了！）

學校用語：

PE（Physical Education 體育課）

MC（Master of Ceremonies 典禮的主持人或司儀）

DJ（Disc Jockey 音樂節目的主持人）

SASE（self-addressed stamped envelope 回郵信封）

預知更多例子，可參考網站：http://www.acronymslist.com/

這些縮寫字的發音，有時是單獨唸出每個字母，如 MOU（Memorandum of Understanding 備忘錄）、WTO（World Trade Oganization）；有時會將該字當成一般單字來唸，如 AIDS（愛滋病）、NASA（National Aeronautics and Space Administration 美國太空總署）。這些不同的唸法，乃依照個人或當時創造縮寫字的情境而定。一般來說，如果縮寫字合起來像一般英文字的結構（母音字音都完整），就會依循一般單字的發音規則來發音，成為一個特殊字，如上面的 SWOT（swa-llow → swot）。

動詞與名詞同形

有些英文單字，不但可以當名詞，還可以當動詞，如 tip（小費），也可以當動詞用，表示給「某人小費」（tip ＋人）；類似的字如 rain, walk, paint, phone 等。

例：Mary used her phone to call her mother last night. / Mary phoned her mother last night.
瑪莉昨晚用她的電話打給她親；瑪莉昨晚打電話給她母親。

動詞與名詞同形的幾種狀況

1. 動詞與名詞同形，語意相同：如 team, highlight

例：The two classes teamed up to work on the science project.

兩班合作為這個科學研究企劃案努力。

→ team 當名詞時，意為「團隊」，當動詞用，則表示「合作成為一個團隊」。

2. 名詞活用成動詞：有時將名詞活用成動詞，可以很生動地表達動作。

例：John stormed into the room, as angry as ever with his son.

John 突然衝進房裡，像往常一樣對兒子大發雷霆。

→此處的 storm 當動詞用，形容像暴風雨一樣「猛衝、狠衝」，非常傳神。

例：The manager just axed our traveling budget.

經理剛剛砍了我們旅行的預算。

→此處的 ax 當動詞用，形容如揮動斧頭般地「削減」預算。

例：The usher shoehorned us into the back of the crowded theater.

帶位人員將我們塞入擁擠戲院的後座。

→ shoehorn 當名詞時為鞋拔，此處當動詞用，表示將我們「硬塞進去」的意思。

3. 原為專有名詞，改當動詞使用：現在網路上有很多專有名詞，都漸漸成為「動作」，如
google（網路搜尋）、skype（網路語音溝通）、plurk（噗浪）、 text（傳簡訊）。

例：I don't have too much time to plurk.

我沒有太多時間噗浪。

例：If you have any questions, skype me!

　如有任何問題的話，可以上網用 Skype 跟我語音溝通！

例：You can google Robert to find his photo.

　你可以上網搜尋羅勃，找他的照片。

動詞與名詞的修飾字詞

在國際溝通中，以動詞與名詞的使用率最高，主要是因為這些字詞通常是語意表達的重要關鍵字。有些名詞，有時也會加上修飾字或修飾語，來表達名詞的不同含意。修飾名詞的字大都放在名詞的前面，如果修飾語很長，也可以放在名詞的後面。

修飾名詞的字詞用法

名詞修飾名詞：將一個名詞放在另一個名詞前面，通常會構成一個全新的名詞語意，如 bulletin board，其中的 board 原指板子，加上 bulletin（布告或公告），就成為布告欄。類似的例子如 the Obama Administration（歐巴馬的行政團隊）

其他詞類修飾名詞：修飾名詞的英文字詞，在詞類上稱為形容詞，也就是形容或修飾名詞

的一些字詞，如 old computers, strong discipline, sick leave, a good job 等。在國際溝通上，不管是口語或書寫，這些修飾語大都是具體用詞，如 financial crisis（金融危機）、natural resources（自然資源）、economic blockade（經濟封鎖）。很多這類的修飾語（即「形容詞」），字尾次使用 -al, -ic, -tive, -ous, -ful, -less 等，大都放在名詞前面。

例：Have you thought of alternative solutions?

你想出替代方案了嗎？

複雜的修飾語：有時也會出現以一些較複雜的修飾語來修飾名詞的情形。通常修飾名詞的字詞如果超過一個字以上，就會放在名詞的後面。

例：The lady standing in front of the vending machine is your new boss.

站在販賣機前面的女士是你的新老闆。

形容詞

在國際英文溝通中，一直強調動詞及名詞的重要性，主要是因為這些字詞都是表達語意的重要關鍵，只要能夠掌握這些字詞，不管是閱讀或聽講，大致都可以理解對方欲表達的意思。

然而有些形容詞（所謂修飾名詞的一些字詞），在口語或電子郵件溝通中，也可以表達很具體的訊息，如 I have a very tight schedule.（我的行程很緊。）其中的 tight 表示「緊密」的意思，

在句中用來修飾 schedule，意思就很明顯，表示說話者很忙，要約時間很難。

　　在職場或是國際溝通場合中，遣詞用字必須精確，以免造成溝通上的誤會。模糊或對語意影響不大的修飾語儘量少用，如 This is a modest request.（這是合理的要求。），何謂 modest，有時並不清楚。本書將介紹在職場、國際溝通中，常用的一些修飾語。這些修飾語都用以修飾名詞，大部分放在所修飾名詞的前面（形容詞＋名詞），有時則會放在 am, are, is 的後面（如主詞＋ am, are, is ＋形容詞），請注意其擺放的位置。

與英語老師分享的教學經驗：

　　別一次將所有的用法告訴學生，請以當時的情境用法為主。補充太多資訊，會變成了記憶與認知的學習，分辨該單字的不同用法，反而影響了學生學習。

　　不要一次將所有的用法告訴學生，請以當時著重的情境用法為主。一次補充太多資訊，如要求學生分辨一個新單字的不同用法，反而會造成學生學習上的負荷，而學生也因為要花更長的時間去學一個新單字，而導致學習效率降低，或是根本無法達成學習目標。

IV. 累積單字量

持續累積對自己有用的單字

單字既是語言學習的開始，學單字的過程就是一段相當重要的學習歷程。電影《阿凡達》中的「入侵者」為了要了解「納美人」的語言，從發音開始，從聲音入門，一次學習一個單字，並立即使用，講出剛學到的單字，如此一來，很快就能學會一種新的語言。

先前也提過，學習單字的兩大重要課題：第一、要有情境式的學習，也就是真正實用的溝通學習，因為日常生活中會用到的單字，才容易牢牢記住。第二、要學習看到單字就會發出該字的

音。會唸一個字比拼字更為重要，況且會唸自然就會拼字！

從情境中去累積自己的單字

累積自己的單字量，有助於閱讀理解與表達能力。從情境中去累積單字量，如生活工作與國際英文溝通中的十大情境：

一、文書會議　　六、生產製造
二、人力資源　　七、採購總務
三、出差參訪　　八、社交應酬
四、辦公協調　　九、企劃行銷
五、財務金融　　十、談判合作

本系列針對這些情境，整理出相當實用的動詞與名詞。建議讀者可以自己創造一些情境，如運動等，將相關的動詞與名詞融入該情境，藉此增加自己的單字量。

培養閱讀的習慣，增強對動詞的敏感度

單字的累積，要靠長期的閱讀。閱讀自己喜歡的文章、故事或小說，才能持續累積自己的單字量。切忌以厚重的單字本或字典來死背單字。閱讀的時候，也無須每個字都查字典。切記要以動詞為主，將動詞當作閱讀的主軸。

請先閱讀以下的例子（出自英國大文豪狄更斯 Charles Dickens 的小說《遠大前程》（*Great Expectations*）

1. Mrs. Joe stormed into the room, as angry as ever with Pip. 喬太太突然衝進來，像往常一樣對著皮普大發雷霆。

   解說：此處的動詞 storm，形容喬太太像暴風雨一樣，「衝」進來，可見她非常生氣。

2. Time stood still in this gloomy room as dust continued to settle on dust.

   在這陰暗的房間裡，時間暫時停止，灰塵持續地累積。

   解說：使用動詞 stood still，似乎將時間擬人化，以「站立不動」形容時間暫時停止。

3. Pip squirmed with embarrassment, wishing that Joe would direct his answers to the person asking the questions, rather than to him.

   皮普因尷尬而侷促不安，他真希望喬可以直接回答問他問題的人，而不是對著他。

   解說：squirm 這個動詞表示「坐立不安」，像蟲一樣扭曲，非常生動傳神，顯示皮普的不安。

透過細膩的閱讀行為，可以精確掌握單字的用法，真正將英文單字納入自己的語言。持續地閱讀，累積更多屬於自己的「一生必學的英文單字」。

Linking English

一生必學的英文單字：方法篇

2010年7月初版　　　　　　　　　　　　　定價：新臺幣100元
有著作權 · 翻印必究
Printed in Taiwan.

著　　　者	陳　超　明
發 行 人	林　載　爵

出　版　者	聯經出版事業股份有限公司	叢書主編	李　　　芃
地　　　址	台北市忠孝東路四段561號4樓	校　　對	林　雅　玲
編輯部地址	台北市忠孝東路四段561號4樓	內文排版	江　宜　蔚
叢書主編電話	(02)87876242轉226	封面設計	陳　皇　旭
台北忠孝門市	台北市忠孝東路四段561號1樓		
電　　　話	(02)27683708		
台北新生門市	台北市新生南路三段94號		
電　　　話	(02)23620308		
台中分公司	台中市健行路321號		
暨門市電話	(04)22371234ext.5		
高雄辦事處	高雄市成功一路363號2樓		
電　　　話	(07)2211234ext.5		
郵政劃撥帳戶	第0100559-3號		
郵撥電話	27683708		
印　刷　者	文鴻彩色製版印刷有限公司		
總　經　銷	聯合發行股份有限公司		
發　行　所	台北縣新店市寶橋路235巷6弄6號2樓		
電　　　話	(02)29178022		

行政院新聞局出版事業登記證局版臺業字第0130號

國家圖書館出版品預行編目資料

一生必學的英文單字：方法篇/陳超明著．
初版．臺北市．聯經．2010年7月（民99年）．76面．
14.8×18公分．（Linking English）
ISBN　978-957-08-3647-9（平裝）

1.英語　2.詞彙　3.學習方法

805.12　　　　　　　　　　　　　　　99011982

聯經出版事業公司

信用卡訂購單

信 用 卡 號：□VISA CARD □MASTER CARD □聯合信用卡

訂 購 日 期：_____ 年 _____ 月 _____ 日 （卡片後三碼）

信 用 卡 姓 名：

信 用 卡 簽 名：_____（與信用卡上簽名同）

信用卡有效期限：_____ 年 _____ 月

聯 絡 電 話：日(O)：_____ 夜(H)：

聯 絡 地 址：□□□

訂 購 金 額：新台幣 _____ 元整
（訂購金額 500 元以下請加付掛號郵資 50 元）

資 訊 來 源：□網路 □報紙 □電台 □DM □朋友介紹
□其他

發 票：□二聯式 □三聯式

發 票 抬 頭：

統 一 編 號：

※ 如收件人或收件地址不同時，請填：

收 件 人 姓 名：_____ □先生 □小姐

收 件 人 地 址：

收 件 人 電 話：日(O)：_____ 夜(H)：

※茲同意購下列書種帳款由本人信用卡帳戶支付

書 名	數量	單價	合 計
	總	計	

訂購辦法填妥後

1. 直接傳真 FAX(02)27493734
2. 寄台北市忠孝東路四段 561 號 1 樓
3. 本人親筆簽名並附上卡片後三碼(95 年 8 月 1 日正式實施)
   電 話：(02)27683708
   聯絡人:王淑蕙小姐(約需 7 個工作天)